U0548397

阿波罗飞船小知识

阿波罗11号飞船的构造

- 土星5号火箭
- 阿波罗宇宙飞船
  - 鹰号登月舱
  - 哥伦比亚号指挥舱

登月的时候，阿姆斯特朗和奥尔德林乘坐的月球车就固定在这里。

飞往月球和返回地球的时候，三名宇航员坐的地方。

从地球到月球的距离

坐飞机大约需要15天

坐新干线大约需要60天

地球 ←→ 大约38万千米 ←→ 月球

想飞上月球的男孩

阿姆斯特朗的故事

［日］户田和代 ◉ 著　　［日］沟渊 优 ◉ 绘

王志庚　陈瑜 ◉ 译

"月亮啊月亮，你离我们到底有多远啊？
希望有一天我能去月亮上看看……"

这是五十多年前
第一次登上月球的美国宇航员——
尼尔·阿姆斯特朗，小时候说过的一句话。

北京联合出版公司

阿姆斯特朗小时候
就特别喜欢飞机模型。
"飞啊——飞啊——飞!
好棒啊!
如果飞到高高的天空,会是什么样的感觉呢?
我长大以后,
一定要成为会开飞机的人!"

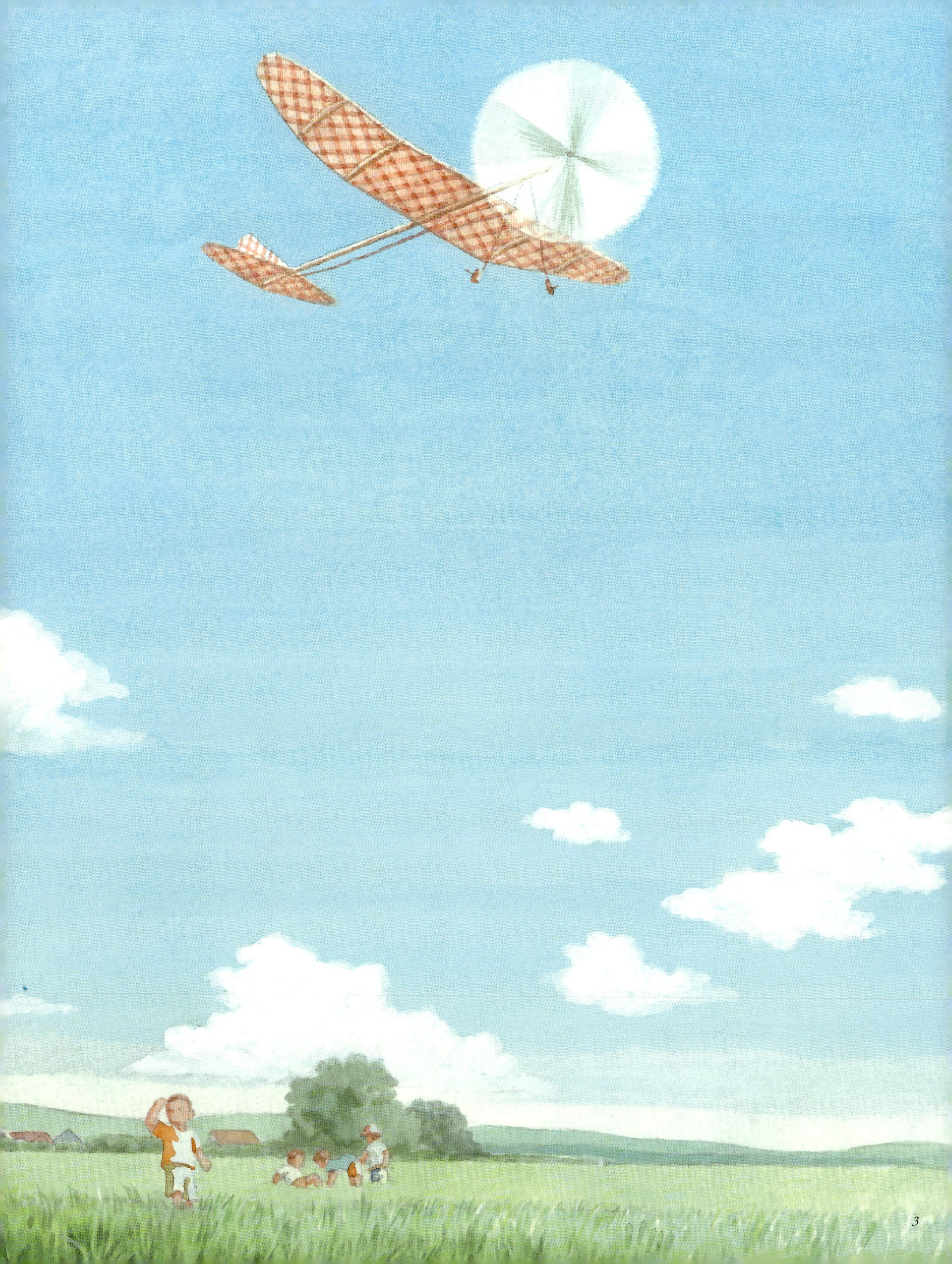

阿姆斯特朗 16 岁时，
进入飞行学校学习。
为了成为一名飞行员、实现自己的梦想，
他一直努力学习。
后来，他终于取得了飞行员资格证。
"哇！我通过啦！"

5

升入大学后,
阿姆斯特朗继续学习驾驶飞机的知识。
一天,他看到一张海报,上面写着:招募宇航员。
那时候,美国启动了一项计划:
把载人飞船发射到宇宙中去。

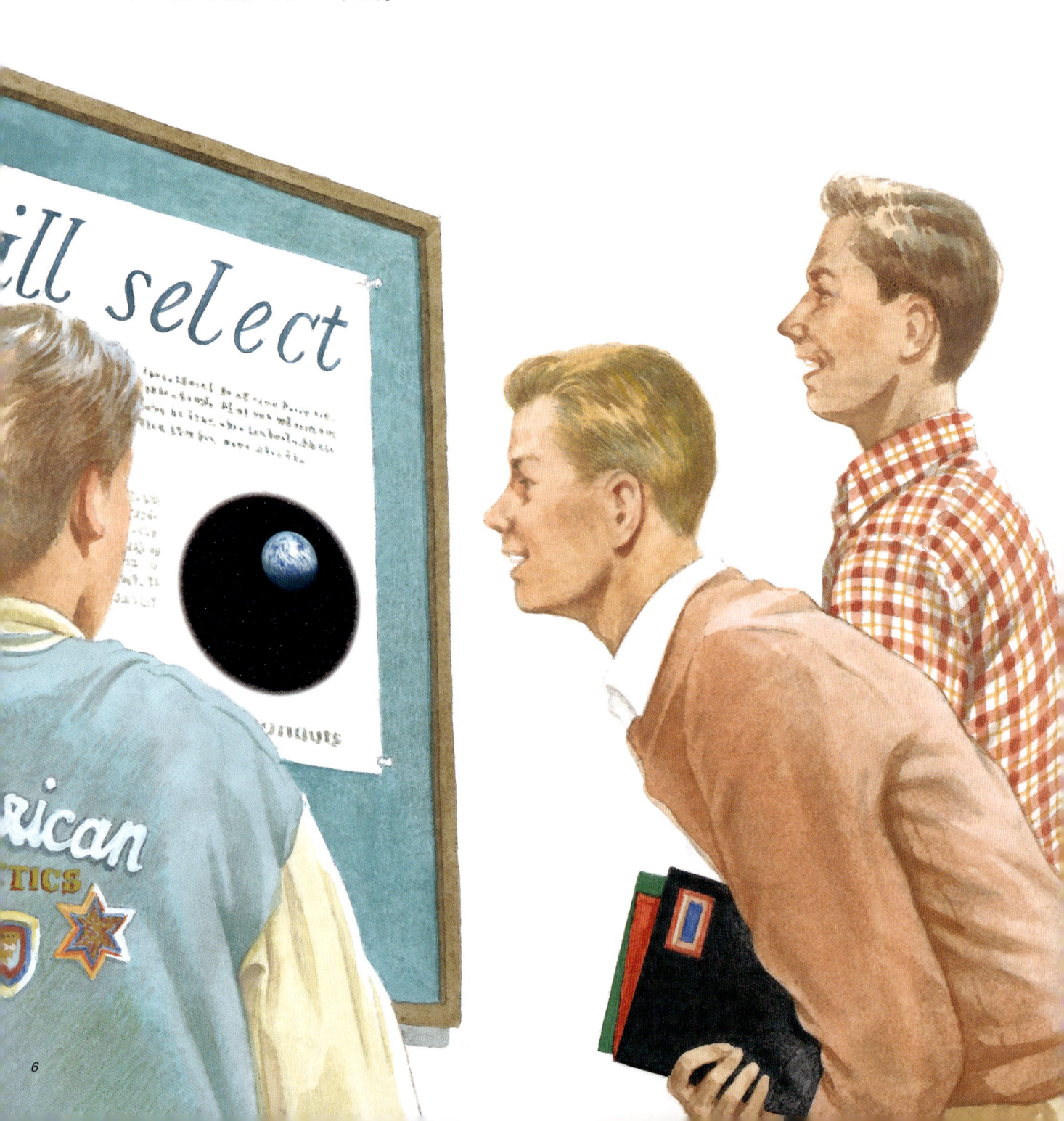

"招募宇航员啊,
我也想去宇宙看看……"
阿姆斯特朗更加勤奋刻苦地学习。
终于,他成为了一名真正的宇航员。

就这样,阿姆斯特朗开始了宇航员专业训练,一练就是四年。
当时,美国正在实施把人类送上月球的计划,
为了做好登月准备,发射了一艘名叫"双子星座"的宇宙飞船。
阿姆斯特朗是作为"双子星座8号"飞船的宇航员飞入太空的。

飞船刚开始飞行得很顺利,在途中却出现了故障。
"糟糕!飞船坏了!这可怎么办?"
听到同伴惊叫的声音,
阿姆斯特朗冷静地说:
"没关系,那我们还是返回地球吧!"

阿姆斯特朗顺利返回地球的消息很快传开了。
"阿姆斯特朗太厉害了！
听说在太空中无论发生什么情况，他都不会惊慌失措。"

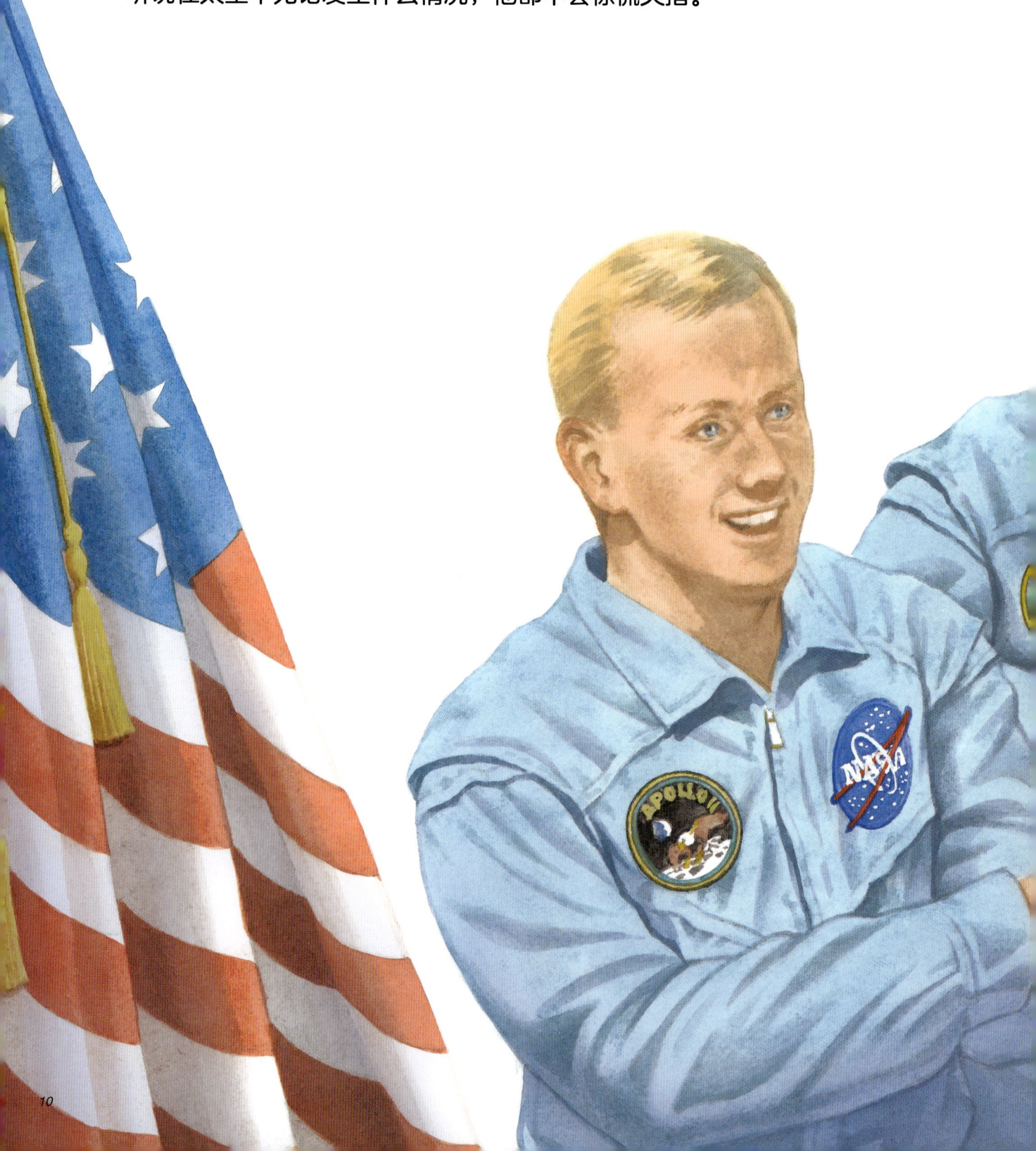

之后，大约过了三年，
阿姆斯特朗被选为"阿波罗 11 号"飞船的船长，
这一次的目标是——月球。
同他一起出发的，还有柯林斯和奥尔德林。
"加油啊！"他们互相加油鼓劲。

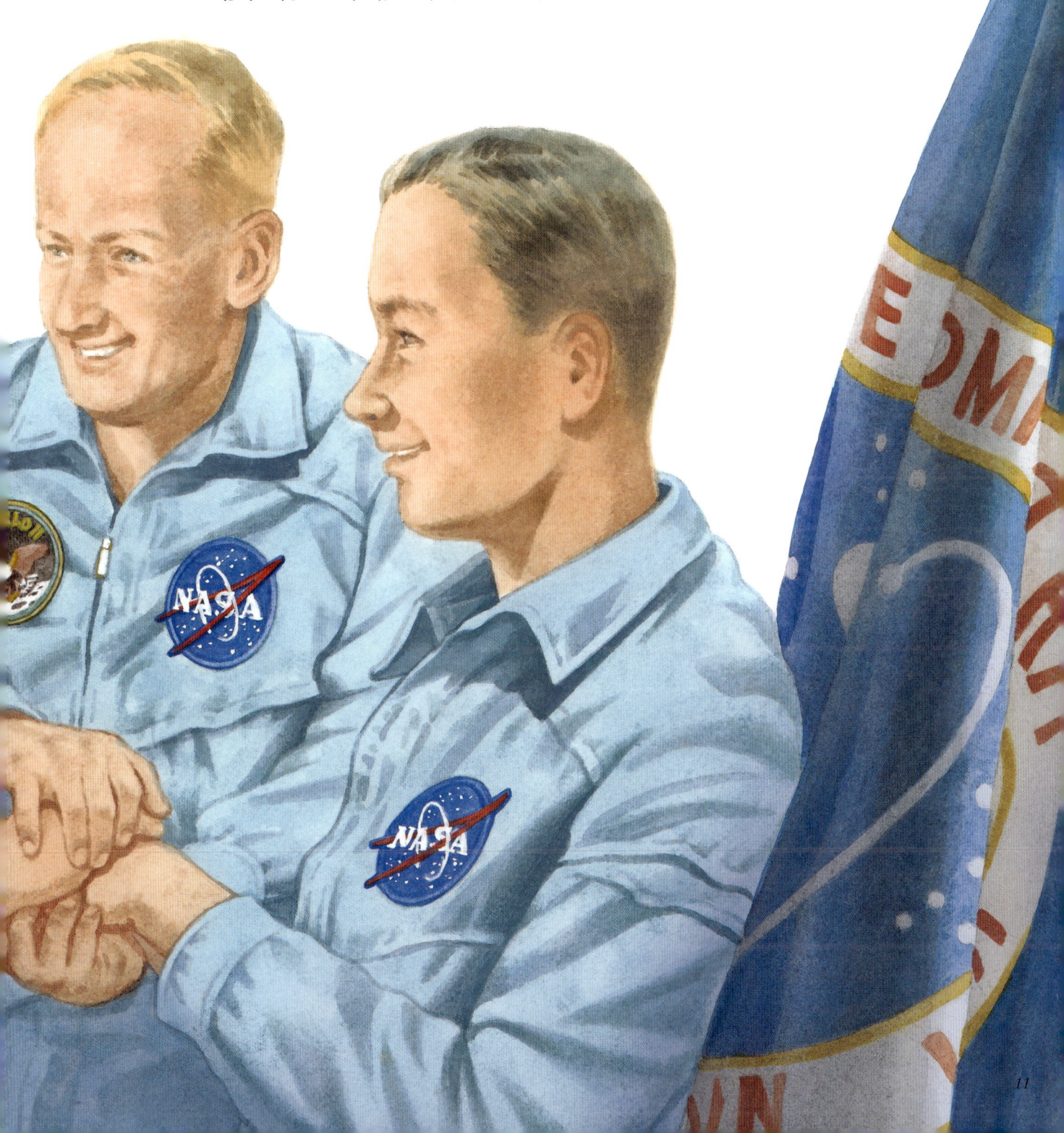

登月这件事,
人类以前从来没有做到过。
要想成功,需要拥有强壮的身体和坚定的信心,
在太空中无论发生什么事情,都要坚持到底。
所以,阿姆斯特朗他们需要进行很多训练,
一天又一天,他们重复着一项又一项危险的训练。

无论多么艰难，
阿姆斯特朗都想："我一定要登上月球！"
他一直坚持着，从不放弃。

半年后,
终于迎来了出发去月球的日子。
"各位,我们要出发了!"
"阿姆斯特朗船长,加油啊!"
"祝你们顺利登上月球!"

在全世界的关注中，他们三人一起走进了飞船的指挥舱。

"5,4,3,2,1……"

轰隆！轰隆！轰隆！
咣！咣！咣！——

火箭尾部喷出熊熊的火焰。

轰！轰！轰！轰！ 轰！轰！轰！——轰！
轰！轰！轰！轰！ 轰！轰！轰！——轰！

巨大的轰鸣声传来，大地仿佛都在颤动。
每个人都屏住呼吸，紧紧盯着升空的火箭。

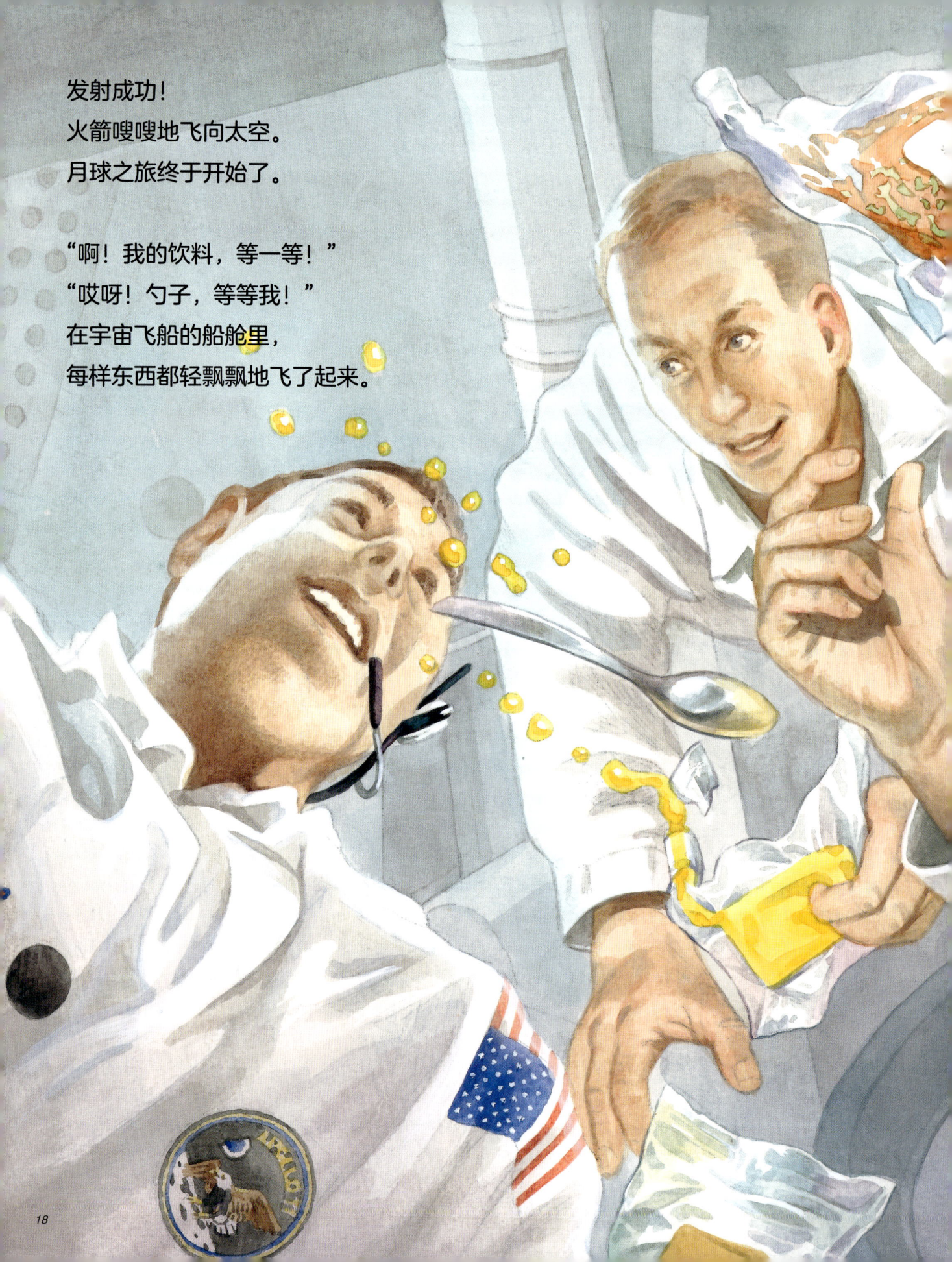

发射成功！
火箭嗖嗖地飞向太空。
月球之旅终于开始了。

"啊！我的饮料，等一等！"
"哎呀！勺子，等等我！"
在宇宙飞船的船舱里，
每样东西都轻飘飘地飞了起来。

他们在船舱里飘来飘去,转来转去。
"哎呀、哎呀,好窄啊!"
"看来我们要暂时忍耐一下了。"

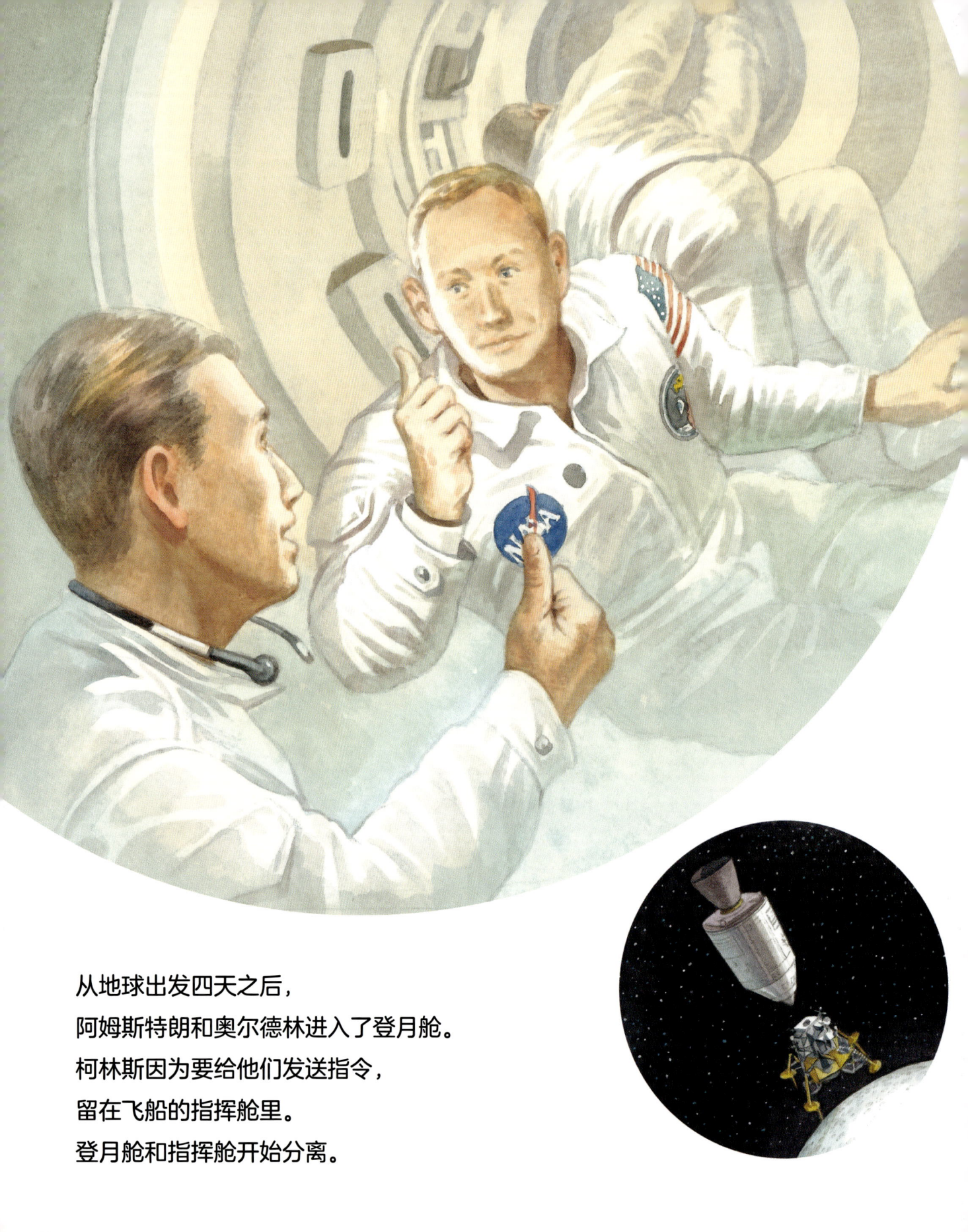

从地球出发四天之后,
阿姆斯特朗和奥尔德林进入了登月舱。
柯林斯因为要给他们发送指令,
留在飞船的指挥舱里。
登月舱和指挥舱开始分离。

"阿姆斯特朗船长，可以着陆了吗？"
宇宙飞船里传来柯林斯的声音。
"先等等，这里到处是石头，不能降落。
有没有平坦的地方啊……
啊！有了！"

载着阿姆斯特朗和
奥尔德林的登月舱
静静地降落在月球上。
人类在月球上迈出第一步的
时刻即将来临！

"各位!"
阿姆斯特朗慢慢地放下脚,
他向地球上所有的人说道:
"这是我个人的一小步,却是人类的一大步。"
1969 年 7 月 20 日,
阿姆斯特朗在人类从未到过的月球上,
踩下了第一个脚印。

电视画面上传来
两个模模糊糊的身影，
全世界的观众们都在
紧张地注视着他们。

24

阿姆斯特朗像要飞起来的鸟儿一样
在月球上飘飘悠悠地走来走去。
他还采集了月球上的一些岩石和沙砾。
"为了更好地研究月球,
我一定要把这些东西带回去!"
这时,他突然抬起头向天空望去……

"啊！看到我们的星球了……
地球是多么的美丽啊！
此刻，我就站在
自己一直梦想的月球上……"
阿姆斯特朗的眼睛里闪烁着泪花。

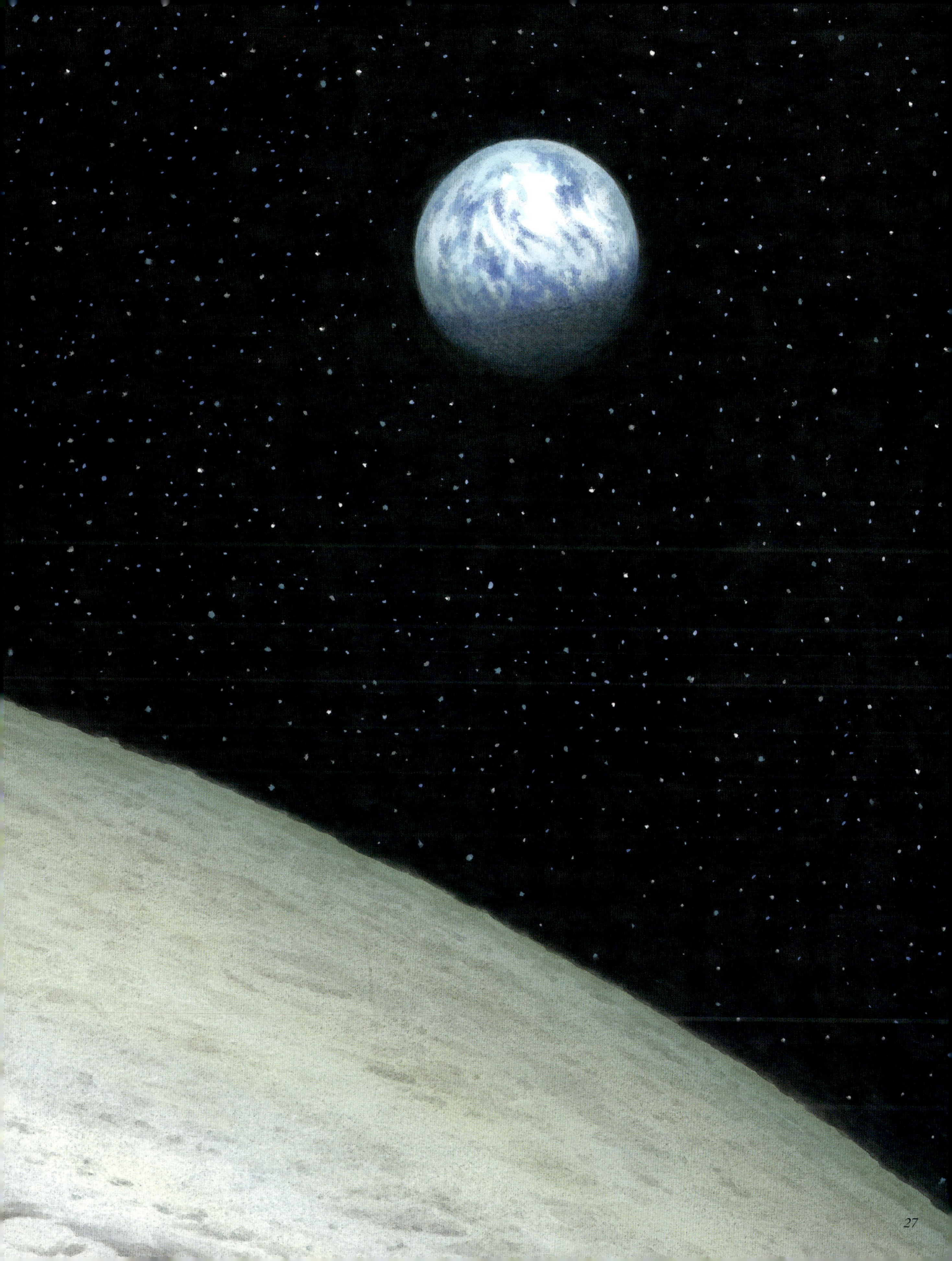

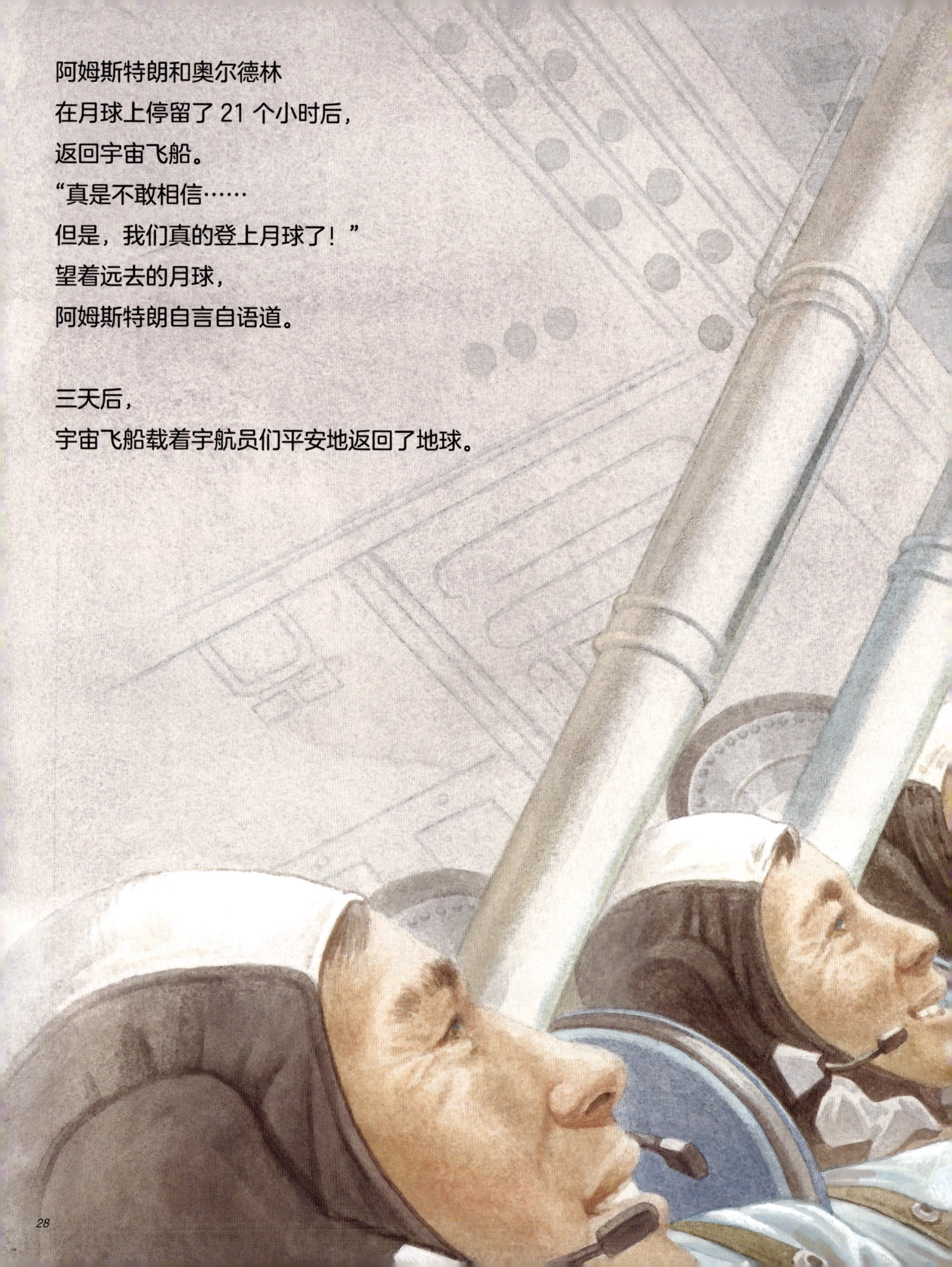

阿姆斯特朗和奥尔德林
在月球上停留了 21 个小时后,
返回宇宙飞船。
"真是不敢相信……
但是,我们真的登上月球了!"
望着远去的月球,
阿姆斯特朗自言自语道。

三天后,
宇宙飞船载着宇航员们平安地返回了地球。

29

"欢迎回家!"
在夹道欢迎的人群中,
人们为三名宇航员送上热烈的掌声。
"我们回来了!谢谢大家!"

这是人类第一次登上月球。
这件大事为地球上的人们
带来了无限的感动和勇气。

"简直不敢相信啊……
我的脚印真的留在那里了……"
每次遥望月球,
阿姆斯特朗都会这样想。

尼尔·奥尔登·阿姆斯特朗的一生

年份	年龄	事件
1930 年	0 岁	出生于美国俄亥俄州
1946 年	16 岁	取得飞行员资格证
1955 年	24 岁	大学毕业,成为美国国家航空咨询委员会(美国国家航空航天局前身)的试飞员
1958 年	28 岁	成为美国国家航空航天局的试飞员
1962 年	31 岁	女儿凯伦因病去世
	32 岁	入选美国国家航空航天局宇航员
1966 年	35 岁	搭乘"双子星座 8 号"宇宙飞船,成功地完成了与"阿金纳"火箭的对接任务
1969 年	38 岁	1 月,被选拔为"阿波罗 11 号"宇宙飞船船长 7 月,搭乘"阿波罗 11 号"成功登月
1971 年	41 岁	从美国国家航空航天局辞职
2012 年	82 岁	逝世

户田和代

日本儿童文学作家。日本儿童文艺家协会会员、日本童谣协会会员。出生于东京。作品《猫咪的遗失物》获得日本儿童文艺家协会新人奖,《狐狸电话亭》获得滨田广介童话奖。国内已出版的绘本有《狐狸电话亭》《游乐园今天不开门》《滴滴答答的雨声》等。

沟渊 优

日本插画家、绘本作家。出生于大阪。作品曾入选小学馆和讲谈社绘本新人奖。绘本作品有《做个哥哥也不错》《害羞的小鳄鱼》等。

图书在版编目(CIP)数据

想飞上月球的男孩:阿姆斯特朗的故事/(日)户田和代著;(日)沟渊优绘;王志庚,陈瑜译. — 北京:北京联合出版公司,2022.12
ISBN 978-7-5596-6490-7

Ⅰ.①想… Ⅱ.①户…②沟…③王…④陈… Ⅲ.①儿童故事—图画故事—日本—现代 Ⅳ.①I313.85

中国版本图书馆 CIP 数据核字(2022)第 190643 号

HAJIMETE NO TSUKIRYOKOU
Text copyright © TODA Kazuyo 2019
Illustrations copyright © MIZOBUCHI Masaru 2019
First Published in Japan in 2019 by Froebel-kan Co.,Ltd.
Simplified Chinese Translation copyright © 2022 by Beijing Tianlue Books Co.,Ltd.
Arranged with Froebel-kan Co.,Ltd. through Future View Technology Ltd.
All rights reserved

想飞上月球的男孩:阿姆斯特朗的故事

著 者:[日]户田和代
绘 者:[日]沟渊 优
译 者:王志庚 陈瑜
出品人:赵红仕
选题策划:北京天略图书有限公司
责任编辑:龚 将
特约编辑:高 英
责任校对:邹文谊
美术编辑:刘晓红

北京联合出版公司出版
(北京市西城区德外大街83号楼9层 100088)
北京联合天畅文化传播公司发行
北京盛通印刷股份有限公司印刷 新华书店经销
字数5千字 889毫米×1194毫米 1/16 2.5印张
2022年12月第1版 2022年12月第1次印刷
ISBN 978-7-5596-6490-7
定价:42.00元

版权所有,侵权必究
未经许可,不得以任何方式复制或抄袭本书部分或全部内容
本书若有质量问题,请与本公司图书销售中心联系调换。
电话:010-65868687 010-64258472-800